JN057902

月と星が泣いている 夜に

島田 月乃

文芸社

月と星には、物事を新しくする役目が
あると言います。

私の記憶も新しくされたらいいのに…

私は、沖縄のとても貧しい家に生まれ
激しい虐待を受けて育ちました。

あの市営住宅に住んでるクセして、と
それが悪口になるくらい最下層の人々が
住んでいる市営住宅で育ちました。

幼い頃から、母親から虐待を受けました。

誕生日は徳川家康と同じ１２月２６日です。

それは、感謝です。

まだ幼い小学２年の時『二度と見られない
顔にしてやる』と言われ

何度も何度も顔を殴られ

倒れたらまた起こされて殴られ

また倒れたら起こされて殴られ

顔が腫れ上がるくらい殴られ続けた事が
ありました。

団地の廊下に立たされ何度も何度も
熱湯をかけられたこともありました。

近所のおばさんが通りかかりましたが、
泣きじゃくってる私の髪を少し撫でて

母に、ただ『安室さん、ちょっと〜』と
言っただけで、通り過ぎました。

ベルトをムチ代わりにして、何度も
体中をぶたれたこともあります。

あの時代は今と違って大らかだったし、

今みたいに法律もなかったので、

みんな虐待に敏感ではなく、

ただ、近所では、とても怖いお母さん
として、有名でした。

近所の人達は、

きっと、私が何か悪い事をして、

怒られてる。

その程度に思っていたと思います。

私は、毎日のように泣いていました。

今、想い返してみても、怒られるような
悪いことは何もしてなかったんです。

むしろ、大人しくていい子の方だったと
思います。

体の暴力だけでなく、言葉の暴力も
酷かったです。どんなに酷い言葉を
投げつけられ、いつも泣かされたか

知れません。

父も母のことを恐れていました。
だから、母に強く注意することも
ありませんでした。

私は何でこの人を警察が捕まえに
来ないんだろうと、

子供心に、いつも、いつも、
疑問に思っていました。

母は自分の洋服はたくさん買うのに、私には
一枚も洋服は買ってくれませんでした。

洋服を買ってもらえないので、私は
小学１年に着ていた洋服を小学６年になるまで、
着続けました。

小学生の成長は早いので、１年の時に着ていた、
冬服は、６年になったら
袖が短くなって半袖の夏服になって
いました。

冬でも半袖を着ました。

散髪代を浮かせるために、私はいつも男の子みたいに、
ベリーショートにされました。

人並みに公文でもさせてもらえたなら、
成績もマシになっただろうに、
放ったらかしにされていたので、
成績も悪かったです。

そんな、みすぼらしくて、髪も男の子みたいに短く、
成績も悪かった私は、
学校では、『貧乏、貧乏』と言って、
いじめられました。

人並みに普通の女の子みたいに、可愛い
髪型をして、女の子らしい服を着て、
成績も悪くなかったら、いじめられる
こともなかったと思います。

私は施設に入りたかった。そしたら、
ご飯がちゃんと食べられて、誰か
知らない人のお古でもちゃんとした
洋服を着られて、テレビも自由に
観られて、暴力を振るわれる事も
なかったのに…と思っていました。

それでも、私は家計を助けるために、
新聞配達をして、6千円もらって、
5千円は家に入れて、自分は千円だけ
もらって喜んでいました。

兄がいましたが、兄は学校でも有名な
くらいのいじめられっ子で、同級生の
男子がおまえの兄ちゃん、みんなから、
めちゃめちゃに殴られてたぜ！って
爆笑しながら話していました。私は、
人が悲惨な目に遭ってるのを見て、
それを、楽しんで爆笑して話せる

彼の下品さを心から憎みました。

母は１５の時に家を出て行きました。
お母さんが出て行って可哀想にって、
みんなから同情されました。
でも、わたしにとっては、とても幸せな
事でした。

私はもともとは頑張り屋だったので、
中学に上がるとメキメキと成績が
良くなりました。高校は沖縄では
トップのレベルの偏差値のところに
行きました。

高１の実力テストでは、５教科のうち
３教科、学年で１位で張り出され、
名前が有名になり、校長先生にも、
あんたが、あの安室さんであるわけ？
と声をかけられました。

進学はお金がないので、４年制は無理
で、文章を書くのが好きだったので、
短大の国文科に進みました。短大の時
は友達なんて、ひとりもいなかった。
安室さんっていつも１人でいるよね
って人に言われたけれど少しも
苦じゃなかった。
進学できて、勉強できるだけで
うれしかったから。
父は生活費も学費も
一切出してくれなかったので、
高校も短大も奨学金とバイトをいくつも
しながら、自力で出ました。

郵便はがき

料金受取人払郵便

新宿局承認

2524

差出有効期間
2025年3月
31日まで

（切手不要）

160-8791

141

東京都新宿区新宿1－10－1

（株）文芸社

愛読者カード係 行

|||Ⅰ|ⅠⅠ|Ⅰ·|·|Ⅰ|ⅠⅠⅠ|Ⅰ·|Ⅰ|·|ⅠⅠ|·Ⅰ·|·|·Ⅰ·|·Ⅰ·|·Ⅰ·|·Ⅰ|·Ⅰ·|·Ⅰ·|·|Ⅰ·|Ⅰ|

ふりがな お名前		明治　大正 昭和　平成	年生　歳
ふりがな ご住所	□□□-□□□□	性別 男・女	
お電話 番　号	（書籍ご注文の際に必要です）	ご職業	
E-mail			

ご購読雑誌(複数可)	ご購読新聞
	新聞

最近読んでおもしろかった本や今後、とりあげてほしいテーマをお教えください。

ご自分の研究成果や経験、お考え等を出版してみたいというお気持ちはありますか。

ある　　　　ない　　　　内容・テーマ（　　　　　　　　　　　　　　　　　）

現在完成した作品をお持ちですか。

ある　　　　ない　　　　ジャンル・原稿量（　　　　　　　　　　　　　　　）

書　名							
お買上 書　店	都道 府県	市区 郡	書店名				書店
			ご購入日	年	月		日

本書をどこでお知りになりましたか?

　1.書店店頭　2.知人にすすめられて　3.インターネット(サイト名　　　　　　　)
　4.DMハガキ　5.広告、記事を見て(新聞、雑誌名　　　　　　　　　　　　　)

上の質問に関連して、ご購入の決め手となったのは?

　1.タイトル　2.著者　3.内容　4.カバーデザイン　5.帯

　その他ご自由にお書きください。

(

)

本書についてのご意見、ご感想をお聞かせください。
①内容について

②カバー、タイトル、帯について

弊社Webサイトからもご意見、ご感想をお寄せいただけます。

ご協力ありがとうございました。
※お寄せいただいたご意見、ご感想は新聞広告等で匿名にて使わせていただくことがあります。
※お客様の個人情報は、小社からの連絡のみに使用します。社外に提供することは一切ありません。

■書籍のご注文は、お近くの書店または、ブックサービス(☎0120-29-9625)、
　セブンネットショッピング(http://7net.omni7.jp/)にお申し込み下さい。

小学生の頃は、みすぼらしくて、醜くかったけど、
もともとは顔は悪くなかったので、
大人になるにつれ、可愛いとか、
綺麗とか言われるようになりました。
モテるようになって、背が高くてモデルみたいに
カッコイイ人や、
頭が良くてお金持ちでエリートの人とも
付き合えるようになりました。

毎日、７人くらいの男の人から電話がかかってきて、
当時は家電しかなかったので、
父が電話を切って切って切りまくっていました。

心から愛した人には、
幼き頃から好きだったという婚約者がいました。
もう、愛してないけど、捨てる事はできない。
と言って彼は泣きました。私はそんな彼の
心の暖かさを愛していました。

２年も過ぎた頃には、彼女の知るところとなって、
多分、女の意地と執念でしょうね。
彼女は、あらゆる手を使って、
私を引きずり下ろそうとしました。私は
何もしなかったのに。

全力でかかってくる相手に丸腰の私が
勝てる訳がありません。

数ヶ月経つ頃には、収拾のつかない所まで来ていて、
これは、誰かが誰かを殺さないと終わらないと思いました。

私は死のうと思いました。

私一人が死んだら全て丸く収まると思えました。
１日中横になってボーッと考え続けて、
死のうと思ったら何でもできる

私は、沖縄を出ようと決意しました。

大阪に出て古くて小さな部屋を借りました。
近くの喫茶店でアルバイトを始めました。
私がバイトを始めたら男のお客さんが増えたようで、
店長は、みんな智恵ちゃんの事が好きだから、
来てるんだよ。と言いました。

そこで、主人と出逢いました。
主人の一目惚れだったそうです。主人は毎日毎日
通ってくれました。そして、ある日主人
に『今度の日曜遊びに行きませんか？』と言われました。
それまでも、何人もの人に、誘われたけど、
全部断ってきました。でも、大らかで、明るくて、やさしい
この人となら、一緒にいられるような、そんな気がしました。

こうして私は大阪に出て半年して、初めて、
男の人と出掛けました。
主人は難波の街を案内してくれました。
帰りの地下鉄の階段を歩いている時、
主人に付き合ってくれませんか？と言われました。
地下鉄の階段が主人との始まりでした。

ずっと不幸だった私は人並みの幸せなんて
望めないと思っていました。
主人に、レストランで、
『奨学金を返し終わったら、出家しようと思ってる』
と話しました。

そしたら、やさしい主人は、
『仏教の勉強がしたいなら、子供を保育園とかに
預けてる間にでもできるんじゃないか』と言ってくれました。
子供…保育園…
そんな人並みの幸せが私に訪れるんだろうか…
私にとっては、漠然とした未来でした。

半年した頃、長男ができて、
私達は結婚することになりました。
心から主人は、喜んでくれました。
主人は人並みの幸せを私に与えてくれました。

主人の実家に私は馴染めませんでした。

主人の実家は１００坪もある大きな家で、
私の実家と正反対で裕福な家でした。
家族はみんな一流大学を出ていて、
一流企業に勤めていて、高収入で、
私とはあまりにも境遇が違うので、初めから
話なんて合わないと思われたのか、
全然、相手にされませんでした。
それをいさめる人も一人もいなくて、
私が困ってるのを見て、ケラケラ笑う人すらいました。
義母はいつも見て見ないふりをしていて、
この家には秩序がないと思いました。

新婚の頃は、泣いてばかりいました。

３年もした頃、主人が北海道に転勤になりました。
広い部屋を借りましたが、四方を建物に囲まれた
日当たりの悪い真っ暗な部屋で、３年経つ頃には、
薄暗い部屋で私は眼の調子が悪くなっていました。
眼科へ行っても、内科に行っても、
総合病院に行っても、どこも悪くないと
言われ、最後に行き着いたのが、精神科でした…
眼の神経が緊張してると言われ、安定剤をもらいました。

その精神科の個人病院は、受付のおばさん達が感じが悪くて、
４時から４時半の予約で、４時半ギリギリに行くと、
予約の時間内でも露骨に嫌な態度を取られました。
だから、私は、いつも、４時10分までには、
行くようにしていました。

医者は始めのうちは、いつも理路整然と
話す私の事を『島田先生、島田先生』と
呼んでいました。

私はそのうち、パニック障害も併発するようになりました。
症状が悪くなると医者の態度はどんどん冷たくなりました。

そして、あの日が来ました。

その日は奈良から義母が来ることになっていて、
準備に忙しかったので、4時半までの予約だったのに、
5時に行きました。予約の時間内でもギリギリだったら、
不機嫌になる彼らにとって…それどころか、
予約の時間を過ぎて5時に行った事は
想像に絶する怒りだったと思います。

それでも、私は、子供の保育園のお迎えに行かないと
イケないので、診療時間が終わる6時までには、
必ず戻りますから。と言って病院を後にしました。

戻ったのが6時15分前で間に合ったと
思ったのですが、6時までの診療時間なのに、
15分前に診療終了になっていました。
こんな非常識な事は普通なら、あり得ません。
6時までに戻ると言った私への嫌がらせだと、
すぐ分かりました。
いつも、意地悪な受付のおばさんが入口で、
もう診察は終わりました。と冷たく言いました。
私は無視して、彼女の制止を振り切って、病院内に入って、
医者の部屋に行きました。

医者はもう診察は終わったのに、非常識だと私を責めました。
まだ、6時になってません。ちゃんと診察して下さいと、
私は正論を言いました。
せめて、薬だけでも、処方して下さい。と言いました。

すると、医者はハルシオンという薬があるから、
それを持っていけと言いました。

それは、以前、眼がけいれんした薬でした。
医者はその事を知っていて、もうこれからは、
使わないって言っていたから、明らかに嫌がらせだと
分かりました。

ちゃんとして、下さい！と怒ると、

医者は私の両手を後ろ手に組んで身動きとれなくされました。

こんな仕打ちを受けるなんて。

私は、全部、警察に言います。と言いました。

そしたら、信じられない言葉が返って来ました。

医者は、なんと

こんなこと誰が信じるか、と言い放ちました。

のちに、他の病院でその話をしたら、

あなたは、妄想癖があるんじゃないですか？と、驚かれた程、

医者としては、信じられない言動でした。

家に帰って義母にその話をして、私は、

ナイチャー（沖縄の言葉で沖縄以外の県の人）は

冷たいと言って、泣きました。

義母は、そんな事ないよ。山形に行った時、

みんな親切にしてくれたよ。と懸命に励ましてくれました。

後ろ手にされた事を話すと、

『普通の人なのにね』と嘆いていました。

私は次の日、警察に電話しました。
そしたら、医者に電話して確かめてみると警察は言いました。
折り返し警察から電話があって、
なかなか気持ちのいい好人物でしたよ。
あなたが、パニックでも、起こしたんじゃないですか？
と信じられない事を言われました。

パニック障害は息切れ動悸がして苦しくなるものであって、
決してパニックを起こすものではありません。

そんな事も知らない無知な警察官が偽善者の医者に
騙されて私を悪く言う。

こんな理不尽な事はない。と思いました。

弱い立場の人にやさしくない世の中は、
間違っています。

少ししたら、主人が北海道から、奈良に
戻れる事になりました。

今度はちゃんと、日当たりのいい部屋にしました。
気持ちのいい部屋に住んだら、
眼の調子も治って。パニック障害もなくなりました。

でも、隣の老夫婦が、変わった人達で、
いろいろな嫌がらせを受けました。

私は警察に相談に行きました。

一通り話が終わって、
なんであんな事を言ってしまったのか、
今でも自分でも分かりません。
兵庫で起こった女児殺害事件に私は関係ありませんから〜と
言いました。
そしたら、警察官はあなたを疑うんだったら、奈良中の人を
疑わないといけなくなりますよ。

と相手にされませんでした。

それが常識的だし、それだけで
終わる話だと思っていました。

しかし、それが、大きな悲劇の始まりでした。

それから、尾行されるようになりました。

ベランダの外では、男の人の座ってる車が、
毎日１日中止まっていました。

出掛けるとゆっくりとパトカーが付いて来ました。

外に出るのが嫌になって、出掛けるのは、
買い物に行くだけになりました。

車が止まっているので、ベランダに出られなくなって、
洗濯物は全部、家干しになりました。

電話は混線して、よく他人の会話が入って
くるようになりました。

盗聴されてるんだと思いました。

主人の実家も沖縄の実家も見張られるように
なりました。

ただなんとなく言っただけなのに、
女児殺害事件の容疑者にされてしまったんだと思いました。

私は常に人には親切にしようと心がけてる、
むしろ善良な一市民なのに、証拠も動機も何もないのに、
無能な奈良県警は、とても執拗に追いかけて来ました。

灯台もと暗し、だと思って、
警察にも、何度も電話しました。

すると、信じられない答えが、返って来ました。

私が、車がいつも止まっていて
気持ち悪いから引っ越します。
と言ったら、警察はなんと、何処に
引っ越ししようが、変わりませんよ。
と言ったのです。

その上、証拠がないと、逮捕できませんから。
とも言いました。

まるで、端からこちらを犯人扱いしているような物言い。

奈良の警察は最低だと思いました。

主人は泣いていました。

智恵子をこんな目に遭わせる
んだったら、沖縄に帰しておけば
良かった。

そう言って泣いていました。

出産の時、陣痛で苦しんでいた

私を見て、『かわいそう』って

泣いてくれたやさしいあなた…

あの時と同じ泣き顔で。

私は、助けて欲しくて、電話帳に載ってる
すべての弁護士事務所に電話しました。

一通り話ししたら、どこも、その話は、うちでは、
お受けできません。すみません。
と慌てて切られました。

こうして、全てのところに断られました。

多分、電話帳に載ってるのは、軽い民事の事を
扱うところばかりで、刑事事件専門の所がなかったんだと
思います。

わたしは、それでも、子供達とは

ホリケンさんのコントを見て、

大爆笑をしていました。

どんなに辛くても、

子供たちがいれば、

生きていけると想って

いました。

私は過大なストレスと緊張で、毎日、寝ても、

朝までずっと眠れないという日が

何日も続きました。

とうとう、一睡もできなくなりました。

それでも、子供たちがいたから、笑っていられたのに…

国立の精神病院で、極度の不眠と心労で、
2ヶ月の強制入院が言い渡されました。

国立病院で、強制です。断われません。

私は子供たちと離れたくなくて、思わず
わーっと泣き出してしまいました。

そしたら、義母がとっさに強く抱きしめてくれました。

その大きな愛はずっと、
忘れません。

入院生活が始まりました。そこには、
様々な人達が居ました。

みんな、私のように、何でここまで
不幸な事が続くのかというくらい、
不幸が続いて、心を病んでしまった
人達でした。

エリート一家に育ち一人だけ劣等生で
高校に行けず、何年も引きこもりになって、
自殺しようとして包丁を持ったら、
それが母親に見つかって
母親に思いっきり抱きしめられて
何とか立ち直ろうと決意して
入院して来た若者。

彼氏に振られて、電車に飛び込んで、
足を失くした義足の女性。

旦那が不倫相手と心中して、残された大切な息子も
川で溺れ死んで、息子の後を追って死のうとして、
4階から、飛び降り自殺を図ったら、死ななくて
助かってしまった女性。

京都大学を出て一流企業に勤めていたけれど、
上司の執拗なパワハラに遭って病んでしまった男性。
彼はみんなのリーダー的存在で、私とも仲良くなって
ベッドメイキングを手伝ってくれたり、
私が、風邪で寝込んでたら、島田さん
早く良くなって出てき〜よ〜って、毎日
お見舞いに来てくれました。

弟を殺して、刑罰を受ける代わりに一生
入院する事が決まっている男性。
でも、彼はとても、やさしくて、親切な人でした。

そして、私の生涯の友と呼べる親友にも出逢いました。
彼女は同い年で、その清潔感と可愛らしさから、
私はひと目で心惹かれました。
彼女はシングルマザーで、幼い娘を一人で育ててる人でした。

いつもいつも、一緒にいたけれど、
私は子供の父親の事は一切聞きませんでした。
きっと、何か深い事情があるんだと想いました。
一人で、子供を産んで育てようと決意したその覚悟は
並大抵のものではありません。
彼女の芯の強さは憧れでした。

毎日、毎日、みんなで喫煙室で１日中
おしゃべりして過ごしました。
みんなそれぞれに不幸な人達だったけれど、
みんな、明るかった。

自殺未遂して立ち直ろうとした若者は、
いつも、ミスチルの歌を聴かせてくれました。

お礼にビートルズのメンバーの名前を
教えてあげました。

私は病院で、ギターを習い、『禁じられた遊び』が
弾けるようになりました。
京都大学出身の彼には、ギターなんて、
島田さんは、キザだ。と馬鹿にされました。

息子の後を追って飛び降りを図った彼女は音大卒で、
結婚してからピアノを習っていた私は、彼女と
音楽の話をしました。
私の息子もピアノを習っていて、
『ラ・カンパネラ』が弾けるように
なったと話したら、リストは、両手の平を広げると
５０センチくらいあったそうだと話してくれました。

カラオケの時間になったら、みんなで
盛り上がってとっても楽しかった。

私はみんなと仲良くなれて、退院の朝には、
みんな扉の近くで待っててくれました。
私はひとりひとりに、
お礼とお別れを言いました。

退院の頃には、少しは眠れるように
なっていました。

子供たちと引き離されて、強制的に入院させられた時は、
絶望したけれど。
私だけが不幸ではないんだ、それぞれに
不幸な人達が病みながらも、けなげに生きている。

それが、とても愛おしかった。

いい経験になりました。
決して無駄な時間ではありませんでした。

退院してからも、警察らしき監視は
10年以上は続きました。

私はひたすら、耐え続けました。

いつも、いつも、苦しかった。

いっそ、消えてしまいたかった…

しかし、ことのてん末はじつに

お粗末なものでした。

私が自転車を失くして盗難と思い

交番に駆け込んだ事件でした。

簡単な調書を取り、

交番とマンションは近いので

警官と２人で徒歩で向かいました。

私は横断歩道で思いっきり転んで
しまい！　もちろん素ですが、
思いっきり転ぶという…

関西人としては、つかみはOK
だという感じでした。(笑)

警官は大丈夫ですか？　雨なので
気をつけて下さいね。

と優しい言葉をかけてくれました。

２～３日前のカメラは見れないと
言っていた管理人は警官が来ると
すぐに私の映像を出しました。

早送りで見て１日経っても、帰って
来なかったので、何処かに忘れたん
だろうと判断されました。

その次の日、思い出しました！

自転車で本屋さんに行き、手帳を
２冊買い、３軒カメラ屋さんを
回って、何処も開いてなくて、
仕方なくコンビニで昼ご飯とおやつ
を買って家の近くなので、つい
いつものクセで、そのまま歩いて
帰ったんです。

コンビニに自転車は置いていました。

それを交番に電話して謝ると、こんな
アホな人には、完全犯罪はできない
と判断されたか、

おかしな事は次第になくなりました。

わたしの不眠は、今でも続いています。

２３時に寝ようとして、深夜３時に起きた時は、
朝まで何しよう？

と少し悩みます。

そんな時は、無理に寝ようとせず、

卵蒸しパンや、クッキーや

沖縄のジャーマンケーキを作ったりして、

また眠くなるのを待ちます。

今はスコーンにハマってます。

わたしの半生は理不尽ばかりの半生でした。

でも、決して負けません。

小さな事ですが、ＮＨＫラジオ英語講座を始めました。

この年で、学べる事がうれしくて
仕方がありません。

趣味のお菓子作りは、ザッハトルテが
作れるようになりました。

フリマで買った、ピンクの花にパールのついたイヤリング。
可愛くていつまでも眺めていた。

君が、教えてくれた『ファーストラブ』は美しい話だったよ。

ふと、振り返ると人生は素敵なもので
溢れています。

何気なくても小さな楽しみを重ねていくのも、
幸せに繋がると想います。

あなたは、絶対に忘れないで下さい。

泣いてばかりだった私のダメダメ

半生をかけて言います。

今、どんなに辛い目に遭っている人が

いたとしても、たとえそれが長く

続くとしても…じっと耐えて、

努力し続ければ、きっと物事は

好転します。

だから、絶対に諦めないで下さい。

ひとつ、ひとつ、超えていく、

ハードルの先には幸せがあると

信じたい。

わたしは、政治家になりたいです。

こんな間違いだらけの世の中を

少しでも、良くしたい。

そして、わたしのように、

辛い目に遭っている

人達を助けたい。

強い信念を持っています。

私は、生まれ育ちが悪いからこそ

あえて、凛々しくありたい。

あの月と星のように。

心のいちばん深くから君を想うことのように…

著者プロフィール

島田　月乃 （しまだ つきの）

1973年12月26日生まれ。
沖縄県出身。
沖縄国際大学短期学部Ⅰ部国文科卒。
奈良県在住。

月と星が泣いている夜に

2024年5月15日　初版第1刷発行

著　者　　島田　月乃
発行者　　瓜谷　綱延
発行所　　株式会社文芸社
　　　　　〒160-0022　東京都新宿区新宿1-10-1
　　　　　　　　　　電話　03-5369-3060（代表）
　　　　　　　　　　　　　03-5369-2299（販売）

印刷所　　株式会社フクイン